Pl. 1. **LES MI-A-OUS ET LES MIS-TI-GRIS.**

Les Mi-a-ous possèdent un Château-fort:
Ils sont barbares et croquent tous les Mis-ti-gris
qu'ils peuvent attraper.

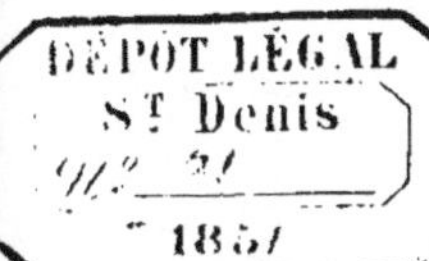

COMBAT A MORT

ENTRE

LES MIS-TI-GRIS ET LES MI-A-OUS

Par A. MAUGARS.

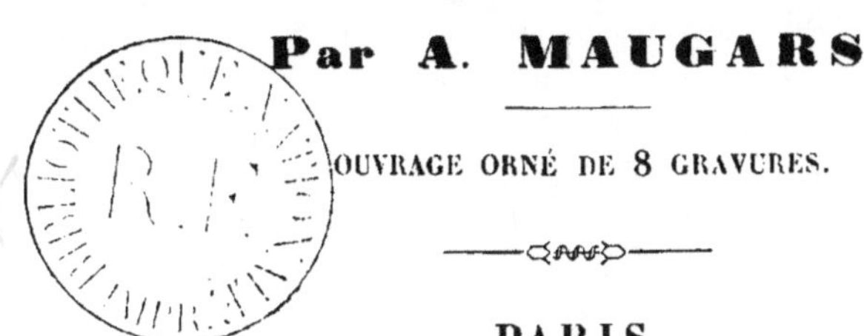

OUVRAGE ORNÉ DE 8 GRAVURES.

PARIS.

A. MAUGARS, ÉDITEUR

DE PLUSIEURS COLLECTIONS D'OUVRAGES POUR LA JEUNESSE,

30, rue Sainte-Croix-de-la-Bretonnerie.

Les Mis-ti-gris, ne pouvant supporter plus longtemps les terribles cruautés des Mi-a-ous, forment une armée d'élite afin de détruire leurs ennemis communs. Chacun s'équipe militairement; on s'avance en bon ordre pour attaquer d'abord le poste avancé; cette attaque est très-vive, et les Mi-a-ous sont mis tous hors de combat.

A C

Pl. 2.

B D

Les Mis-ti-gris attaquent les Mi-a-ous:
La lutte est grande,
Les Mis-ti-gris paraissent avoir l'avantage.

E F G H

Pl. 3.

Le Chef des Mi-a-ous et son conseil
délibèrent sur les moyens de résister
à l'attaque des Mis-ti-gris.

Dans le camp des Mi-a-ous, le chef délibère, avec son conseil, sur les meilleurs moyens de repousser les Mis-ti-gris. La discussion est très-vive. Plusieurs coups de griffes causent de bruyantes interruptions, tantôt du côté droit, tantôt du côté gauche. Enfin, on décide à la majorité de quatre voix contre une, qu'on fusillera tous les Mis-ti-gris faits prisonniers.

Plusieurs pièces de canon sont braquées devant le Château-Fort, et les Mis-ti-gris commencent une attaque en règle. La résistance des Mi-a-ous est très-grande; plusieurs Mis-ti-gris essaient vainement de monter à l'assaut; mais ils sont repoussés avec vigueur : les coups de griffes sont nombreux et causent la perte d'un œil à plusieurs Mis-ti-gris.

IJ

K

L

M

Pl. 4.

Le canon gronde, l'artillerie des Mis-ti-gris
est parfaitement organisée
et présente une attaque en règle.

Pl. 5.

N

P

O

Q

Vigoureuse résistance
des Mi-a-ous et des Mis-ti-gris.
La victoire paraît longtemps incertaine.

Les Mi-a-ous, croyant avoir l'avantage, font une sortie pour repousser leurs ennemis; mais les Mis-ti-gris, recevant du renfort, leur opposent une grande résistance. La victoire paraît incertaine : le courage des Mi-a-ous égale la valeur des Mis-ti-gris; enfin, à la faveur du jour, les Mis-ti-gris repoussent l'ennemi et font beaucoup de prisonniers.

Dans la mêlée de la veille, un Mis-ti-gris fut fait prisonnier; on le condamne à être fusillé sur les lieux mêmes où il a été pris. Après lui avoir lu sa sentence, on le conduit dans les fossés du Château pour être exécuté. Le Mis-ti-gris meurt en héros, il commande lui même le feu, et tombe percé d'une balle au cœur. On l'accroche ensuite au mur du château qui fait face à l'ennemi.

R

S

T

U

Pl. 6.

Mort d'un Mis-ti-gris
condamné par le conseil de guerre des Mi-a-ous.
Il meurt en héros en commandant le feu.

Pl. 7.

V Y

X Z

Les Mi-a-ous faits prisonniers
ont la tête tranchée dans le camp des Mis-ti-gris;
ils meurent avec courage.

Le chef des Mis-ti-gris, ayant appris la conduite des Mi-a-ous à l'égard d'un de ses frères, ordonne de trancher immédiatement la tête à tous les prisonniers ennemis. Cent soixante Mi-a-ous sont conduits dans le camp des Mis-ti-gris pour être exécutés l'un après l'autre. Pendant le trajet, il y eut échange de coups de griffes et de coups de dents.

Une nouvelle attaque est organisée par les Mis-ti-gris : une brèche permet de monter à l'assaut. Le carnage est grand, et les Mi-a-ous, ne pouvant résister plus longtemps, veulent prendre la fuite, mais ils sont exterminés par les Mis-ti-gris, à l'exception de trois qui purent s'échapper.

La méchanceté trouve tôt ou tard son châtiment.

Saint-Denis — Typ. de Prevot et Drocard. 30, rue Sainte-Croix-de-la-Bretonnerie, à Paris.

Æ W

Pl. 8.

Mauguars Libraire Editeur, rue Ste Croix de la Bretonnerie, 30. Paris.

Œ Ç

Les Mis-ti-gris exterminent tous les Mi-a-ous, excepté trois qui parviennent à s'échapper.

LA MÉCHANCETÉ TROUVE SON CHÂTIMENT.

www.ingramcontent.com/pod-product-compliance
Lightning Source LLC
LaVergne TN
LVHW052016160826
845678LV00003B/1077

* 9 7 8 2 3 2 9 6 4 9 2 8 3 *